VENTE APRÈS DÉCÈS

OBJETS D'ART

ET

DE CURIOSITÉ

FAIENCES ET PORCELAINES ANCIENNES

TABLEAUX, BRONZES, SIÈGES ET MEUBLES

SALON EN TAPISSERIE D'AUBUSSON DU XVIIIᵉ SIÈCLE

PARIS — AVRIL 1911

CATALOGUE

DES

OBJETS D'ART

ET

DE CURIOSITÉ

Faïences et Porcelaines Anciennes

DES FABRIQUES DE

Castelli, Cnine, Delft, Deruta, Hispano-Mauresque,
Indes, Japon, Nevers, Paris, Rhodes, Rouen, Savone, Saxe, etc.

TABLEAUX ET OBJETS VARIÉS

BRONZES D'ART ET D'AMEUBLEMENT

FLAMBEAUX, CHENETS, PENDULES, LUSTRES

SIÈGES ET MEUBLES

ANCIENS ET MODERNES

Ameublement de Salon en Tapisserie d'Aubusson
DU XVIIIᵉ SIÈCLE

BEAU MEUBLE FLAMAND EN BOIS SCULPTÉ DU XVIIᵉ SIÈCLE

ETC., ETC.

ET DONT LA VENTE par suite du décès de Madame Veuve M...

AURA LIEU

HOTEL DROUOT, SALLE Nº 6

Le Lundi 10 Avril 1911

à deux heures

COMMISSAIRES-PRISEURS

Mᵉ G. LARBEPENET   **Mᵉ F. LAIR-DUBREUIL**
23, rue de Choiseul   6, rue Favart

EXPERTS

MM. PAULME & B. LASQUIN Fils
10, rue Chauchat | 11, rue de la Grange-Batelière.

EXPOSITION PUBLIQUE

Le Dimanche 9 Avril 1911, de 1 heure 1 2 à 6 heures

CONDITIONS DE LA VENTE

Elle sera faite au comptant.

Les adjudicataires paieront *dix pour cent* en sus des en-
chères.

L'exposition mettant le public à même de se rendre
compte de l'état et de la nature des objets, il ne sera admis
aucune réclamation une fois l'adjudication prononcée.

N. B. — On suivra pour la vente l'ordre numérique du
Catalogue.

Paris. — Imp. de l'Art, Ch. Berger, 41, rue de la Victoire

DÉSIGNATION

TABLEAUX
ANCIENS ET MODERNES

CALLET (D'après)

1 — *Sujet mythologique.*
   Toile.

COROT (Attribué à)

2 — *Paysage.*
   Esquisse sur toile.

DENEUX

3 — *Vues du Port de Rouen.*
   Deux aquarelles.

DUPRÉ (VICTOR)

4 — *La Mare.*
   Bois signé.

ÉCOLE MODERNE

5 — *Vue de Ville avec rivière.*
   Toile.

FLAMENG (Auguste)

6 — *Marines avec bateaux de pêche.*
Deux tableaux sur bois et toile, signés.

GUILLEMET

7 — *Paysage.*
Toile signée.

KŒCHLIN-SCHWARZ

8-9 — *Paysages maritimes.*
Deux fusains signés.

MARILHAT (Attribué à)

10 — *Port de mer en Orient, animé de figures.*
Toile.

MURILLO (Attribué à B.-E)

11 — *Sujet biblique.*
Toile.

PERBOYRE

12 — *Revue militaire.*
Bois signé.

TROUILLEBERT

13 — *Bord de rivière avec passeur.*
Toile signée.

VERDIER (J.)

14 — *Paysage avec étang et lavandière.*
Toile signée et datée : 1855.

FAIENCES ET PORCELAINES

ANCIENNES

15 — **Castelli.** Deux plaques rectangulaires en ancienne faïence; sujets tirés de l'histoire ancienne, peints en couleurs.

16 — **Castelli.** Deux plaques ovales en ancienne faïence, décorées en couleurs de sujets pastoraux.

17 — **Chine.** Deux cornets-lancelles en ancienne porcelaine, décorée en dorure sur fond bleu-fouetté.

18 — **Chine.** Paire de vases en porcelaine de forme octogone; décor en couleurs.

19 — **Chine.** Deux potiches forme balustre en ancienne porcelaine, décor en émaux de couleurs.

20 — **Chine.** Paire de vases carrés, forme balustre, en ancienne porcelaine, décor de fleurs en émaux de couleur.

21 — **Chine.** Grand plat creux en ancienne porcelaine, décoré en couleurs : Pagode, personnages et arbustes en fleurs.

22 — **Chine.** Paire de vases en céladon flambé; monture en bronze.

23 — **Chine et Indes.** Plat en ancienne porcelaine de Chine polychrome et plat long en ancienne porcelaine de la Compagnie des Indes, à décor bleu.

24 — **Delft.** Petite potiche carrée avec couvercle en ancienne faïence, décor bleu.

25 — **Delft.** Paire de lampes faites de vases en ancienne faïence à décor polychrome de médaillons réservés à fleurs sur fond verdâtre.

26 — **Delft.** Plat en ancienne faïence, à décor bleu et plaque décorée de personnages dans un intérieur.

27 — **Delft.** Plaque carrée à coins cintrés, en ancienne faïence, décor bleu : Adam et Eve chassés du Paradis. Encadrement de rocailles et de feuillage en relief et en couleurs.

28 — **Delft.** Plat en ancienne faïence, décoré de fleurs polychromes sur fond violet et de portraits de princes et princesses de la maison d'Orange avec inscriptions. (Fracturé). (*Collection Ploquin, 1891, n° 110.*)

29 — **Delft.** Plat en ancienne faïence à décor polychrome et or de personnages japonais. (Fracturé.) Cadre en bois sculpté.

30 — **Delft.** Garniture de trois pièces en ancienne faïence à décor polychrome, composée d'une potiche avec couvercle et de deux bouteilles balustres : oiseaux sur branchages, palmes et lambrequins.

31 — **Deruta**. Plat en ancienne faïence, décoré au centre d'un héraut d'armes ; marli à rinceaux sur fond jaune.

(Vente Ploquin, 1891, N° 346.)

32 — **Hispano-mauresque**. Plat en ancienne faïence, décor de quadrillé et fleurettes.

33 — **Hispano-mauresque**. Plat en ancienne faïence à reflets métalliques, décor de feuillage.

34 — **Hispano-mauresque**. Plat en ancienne faïence, à ombilic et décor de feuillage stylisé.

35 — **Hispano-mauresque**. Plat en ancienne faïence à reflets métalliques ; ombilic à rosace et compartiments rayonnants ; marli avec feuilles en relief sur fond pointillé. Encadré.

36 — **Hispano-mauresque**. Plat en ancienne faïence à reflets métalliques : ombilic orné d'une croix et décor rayonnant à compartiments chargés de feuillage de vigne. Encadré.

37 — **Hollande**. Paire de vases-cornets en ancienne faïence, décor bleu à médaillons réservés, chargés de personnages et animaux, sur fond vermiculé à fleurs et feuillage.

38 — **Indes**. Paire de jardinières porte-bouquets en ancienne porcelaine ; décor bleu.

39 — **Indes**. Neuf assiettes en ancienne porcelaine, décors variés de fleurs en couleurs.

40 — **Italie**. Plat en ancienne faïence, décor polychrome : Buste d'homme casqué.

41 — **Italie.** Deux cruches de pharmacie en ancienne
faïence, décor polychrome, arabesques et armoiries.

42 — **Japon.** Petit sucrier et couvercle en ancienne
porcelaine, décor bleu.

43 — **Japon.** Potiche avec couvercle en ancienne
porcelaine, décor bleu, rouge et or.

44 — **Japon.** Paire de potiches avec couvercles en
ancienne porcelaine, à décor de fleurs et en
partie recouvertes de laque.

45 — **Lachenal.** Deux plats en céramique, décor de
Rhodes en couleurs.

46 — **Moustiers.** Paire de cache-pots-jardinières en
ancienne faïence, décor à grotesque, oiseaux et
feuillage. Les anses faites de fruits.

47 — **Nevers**. Deux lions portant chacun une corne
d'abondance, avec fleurs et fruits, en ancienne
faïence.

48 — **Nuremberg.** Plaque en ancien grès émaillé
vert sur fond gravé et orné de quatre figurines :
Vierge et saintes Femmes. xvie siècle.

49 — **Paris-Locré**. Service à café, composé de huit tasses et soucoupes et un sucrier, en ancienne porcelaine ; décor en dorure. On y a joint un pot à lait en ancienne porcelaine du même genre.

50 — **Paris**. Bouillon à deux anses et couvercle avec présentoir en ancienne porcelaine ; décor en couleurs, frise d'arabesques de feuillage sur fond vert.

51 — **Rhodes**. Deux plats en ancienne faïence, décor de fleurs stylisées en couleurs.

52 — **Rouen**. Soupière avec couvercle en ancienne faïence, décor bleu.

53 — **Rouen**. Deux couvercles de légumiers en ancienne faïence, décor polychrome, motifs de ferronnerie et guirlandes.

54 — **Rouen**. Base de crucifix en ancienne faïence, décor polychrome de branches fleuries et bordures à fond bleu et palmes en relief.

55 — **Rouen**. Deux aiguières en forme de casques en ancienne faïence, à décor de lambrequins en bleu.

56 — **Rouen**. Grand plat en ancienne faïence, décor bleu rayonnant à rosace centrale et lambrequin au marli. Cadre en bois sculpté.

57 — **Savone**. Deux plaques circulaires en ancienne faïence, décor bleu à sujets de personnages. Encadrés.

58 — **Savone.** Paire de vases en ancienne faïence à deux anses rocailles et mascarons, décor bleu à rinceaux.

59 — **Saxe.** Coupe et couvercle en ancienne porcelaine, décor coréen. Monture en bronze.

60 — **Urbino.** Petite cruche en ancienne faïence, décor polychrome à arabesques.

BRONZES, CUIVRES

OBJETS VARIÉS

61 — Vase-jardinière en verre de *Gallé, de Nancy*.

62 — Deux grands verres à pied avec couvercle en ancien verre gravé de Bohême, décor d'armoiries. Commencement du XVIIIe siècle.

63 — Deux plats en cuivre repoussé, un est encadré dans un cadre en bois sculpté.

64 — Vasque ovale en cuivre repoussé à godrons et pieds-griffes.

65 — Brûle-parfum forme canard, en ancien bronze chinois. — Langouste en bronze japonais. — Plateau en bois incrusté de nacre gravée.

66 — Aquamanile, en forme de lion, en dinanderie.

67 — Coupe en pierre de lard et paire de petites
potiches en émail cloisonné du Japon.

68 — Paire de consoles-supports d'appliques en
bois sculpté doré, à décor de coquilles et feuillage.

69 — Pitong en bambou sculpté à personnages, de
travail chinois.

70 — Statuette en bronze, d'après *David. 1818* :
Ambroise Paré.

71 — Statue en bronze patiné : Jupiter et Léda.

BRONZES D'AMEUBLEMENT

PENDULES, LUSTRES

72 — Paire de lampes et une coupe-jardinière en
céramique, avec monture de bronze.

73 — Paire de flambeaux en bronze doré, de style
Louis XIV.

74 — Paire de flambeaux en bronze doré, de style
Louis XVI.

75 — Paire de chenets en bronze ciselé ; modèle à
vase et trépied.

76 — Pendule en marqueterie de cuivre et d'écaille,
ornée de bronzes, sur socle contourné.

77 — Paire de chenets en bronze : lions sur balustrade. Style Louis XVI.

78 — Garniture de cheminée, comprenant une pendule et deux candélabres, faite de trois potiches en ancienne porcelaine du Japon; monture en bronze, de style Louis XV.

79 — Pendule-cartel, de forme contournée, en marqueterie de cuivre et écaille, garnie de bronzes. Cadran marqué : *Champion, à Paris*. Époque Régence.

80 — Lustre à six lumières en cuivre poli, de style hollandais.

81 — Grand lustre en cuivre poli à vingt-quatre lumières disposées autour d'une lampe à gaz. Style hollandais.

82 — Grand lustre à vingt lumières en bronze doré, de style Louis XIV, genre de Boulle.

GLACES, MIROIRS

83 — Cadre ovale en bois sculpté Louis XIV.

84 — Glace-miroir à fronton, en bois sculpté doré,
à rocailles et feuillage fleuri.

85 — Glace en bois noir et appliques en cuivre,
avec fronton.

86 — Glace haute et étroite en bois sculpté doré
Louis XVI, avec fronton : vase et feuillage.

SIÈGES DIVERS

87 — Deux fauteuils et deux chaises.

88 — Tabouret en bois à pieds tournés, recouvert
de tapisserie au point.

89 — Quatre chaises en bois sculpté doré, dossier
à ruban, de style Louis XVI, recouvertes en
soie brochée.

90 — Tabouret en bois doré, de style Louis XV.
recouvert de soie brochée.

91 — Petite chaise en bois doré, recouverte en soie
brochée.

92 — Dix-huit chaises de salle à manger en noyer, à pieds tournés, avec traverse, recouvertes en cuir.

93 — Deux fauteuils, de style Louis XIV, en bois sculpté partiellement doré, recouverts en tapisserie au point.

94 — Grande banquette à haut dossier et accotoirs faits de lions ailés, en bois sculpté, de style Renaissance.

AMEUBLEMENT DE SALON
EN ANCIENNE TAPISSERIE D'AUBUSSON

95 — Ameublement de salon en bois sculpté et doré, de style Louis XVI, recouvert en ancienne tapisserie d'Aubusson du xviiie siècle, offrant aux dossiers des sujets à petits personnages : bergers et bergères dans des paysages, d'après J.-B. *Huet*. Les sièges présentent des sujets à animaux divers tirés des Fables de La Fontaine. Encadrements à torsades de ruban et fleurs. Il comprend un canapé et six fauteuils.

MEUBLES ANCIENS

ET MODERNES

96 — Grand meuble flamand en bois sculpté, ouvrant à quatre portes avec grand tiroir inférieur. Riche décor de colonnes ornées, petits panneaux en saillie à sujets animés de personnages ; la corniche, décorée de mascarons et d'une frise de feuillage, est portée par trois gaines à bustes d'homme ou de femme. XVIIe siècle.

(Proviendrait de la Maison de Rubens à Anvers.)

97 — Meuble à deux corps, la partie supérieure du XVIe siècle, ouvrant à deux portes et deux tiroirs, en bois mouluré et sculpté à feuillage et marqueterie. Il repose sur une console moderne à pieds-balustres.

98 — Meuble-cabinet à douze tiroirs en marqueterie de bois à rinceaux ; support à colonnes torses. XVIIe siècle.

99 — Commode à deux tiroirs, sur pieds élevés et cambrés, en marqueterie de bois de rose avec filets ; garniture de bronze. Dessus de marbre gris. Époque fin Louis XV.

100 — Table-bureau Louis XV, de forme contournée, en bois de placage foncé, garnie de bronzes.

101 — Commode à trois rangs de tiroirs en marqueterie de bois de rose, ornée de cuivres. Époque Louis XVI.

102 — Secrétaire droit à abattant et quatre tiroirs en acajou moucheté et filets de bois noir. Garniture de bronzes dorés. Pieds-griffes et dessus de marbre. Commencement du xixe siècle.

103 — Feuille d'écran, en broderie japonaise. Encadrée.

104 — Prie-Dieu en bois sculpté, décoré de bas-reliefs à sujets religieux.

105 — Lit en bois sculpté partiellement doré, de style Louis XIV, et toute sa garniture en tapisserie au point, comprenant un dessus de lit, le ciel de lit, les rideaux, deux pentes et un bandeau de cheminée.

106 — Grande armoire à deux portes en bois sculpté et partiellement doré, décor d'arabesques feuillagées, couronnement fait d'un cartouche. Style Louis XIV.

107 — Vitrine en noyer sculpté ouvrant à deux portes. Style Louis XV.

108 — Console en bois sculpté doré, avec dessus
de marbre blanc.

109 — Chiffonnier en marqueterie à damier, renfer-
mant un coffre-fort. Dessus de marbre. Style
Louis XVI.

110 — Table de salon à quatre faces, à pieds con-
soles et croisillon, en bois sculpté doré. Dessus
de marbre brèche d'Alep.

111 — Petite table de nuit en bois et marqueterie, à
personnages. Dessus de marbre et galerie.

112 — Petite table-étagère à pieds colonnettes, en
marqueterie de bois, garnie de bronzes, avec dessus de marbre encastré. Style Louis XVI.

113 — Petit secrétaire de forme droite, à abattant et
tiroirs, en marqueterie de bois de placage, garni
de cuivres. Dessus de marbre.

114 — Lit à dossier et baldaquin en noyer sculpté
et ciré, style gothique, et une table de nuit de
même style.

115 — Petite table en bois de placage, garnie de
bronzes.

116 — Buffet à étagère vitrée, ouvrant à trois portes
et tiroirs, en noyer sculpté ciré. Style Renaissance.

117 — Grande table rectangulaire de salle à manger
à quatre pieds et balustrade en noyer sculpté.

118 — Paire de torchères en bois sculpté, à figures
de femmes drapées grandeur nature, sur socles
de forme hexagone en bois mouluré.

119 — Coffre-fort dans une enveloppe simulant un
chiffonnier.